PROTEILLE

PAR

CONSTANT GUIMARD

NANTES

CHEZ M. MAZEAU, LIBRAIRE, RUE SAINT-PIERRE,

M. MORIN, LIBRAIRE, PLACE NOTRE-DAME, 2.

—

RENNES

CHEZ M. FOUGERAY, LIBRAIRE, RUE AUX-FOULONS.

—

1877

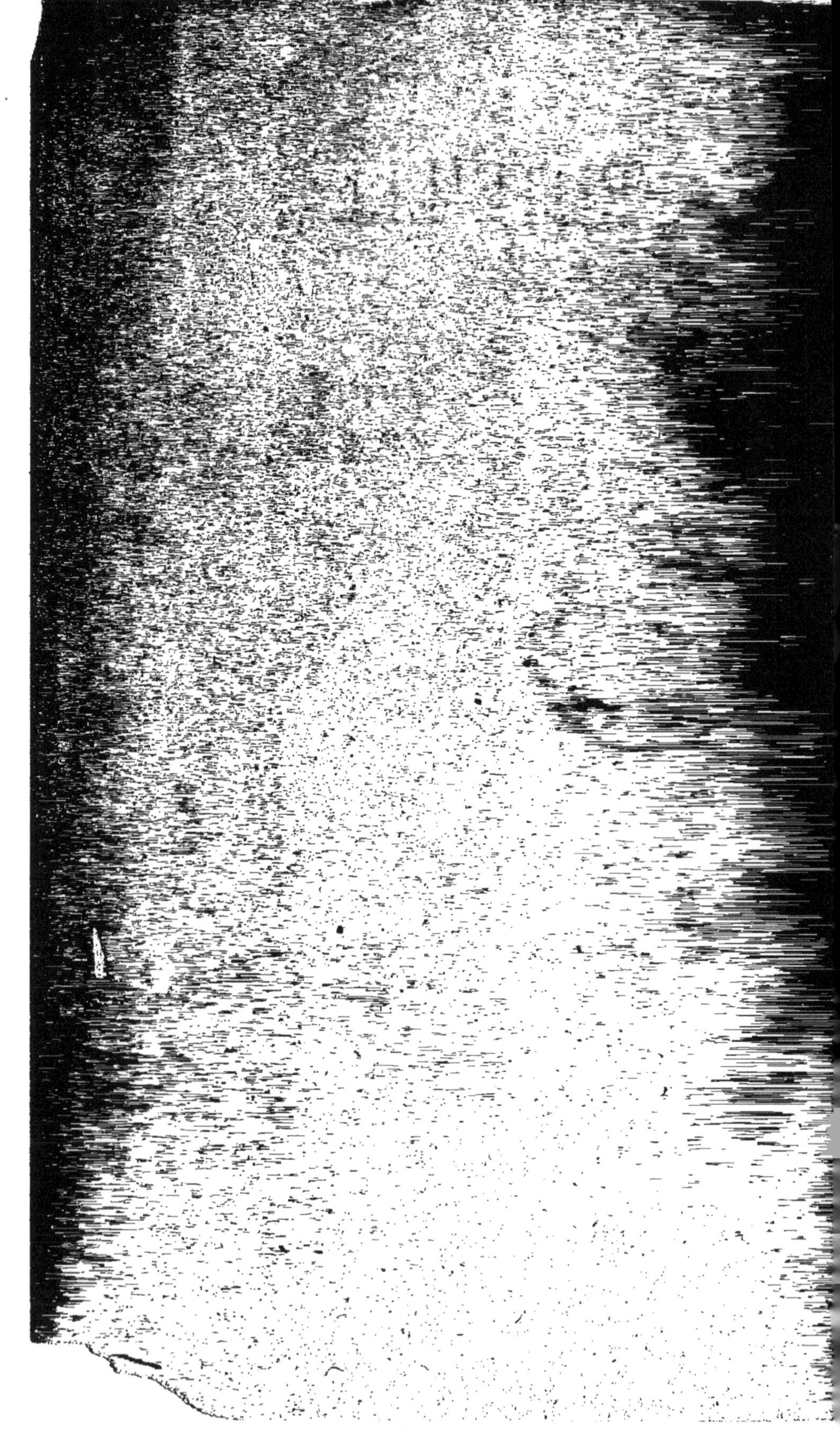

FROTEILLE

Nantes. — Imp. Bourgeois, rue St-Clément, 57.

FROTEILLE

PAR

CONSTANT GUIMARD.

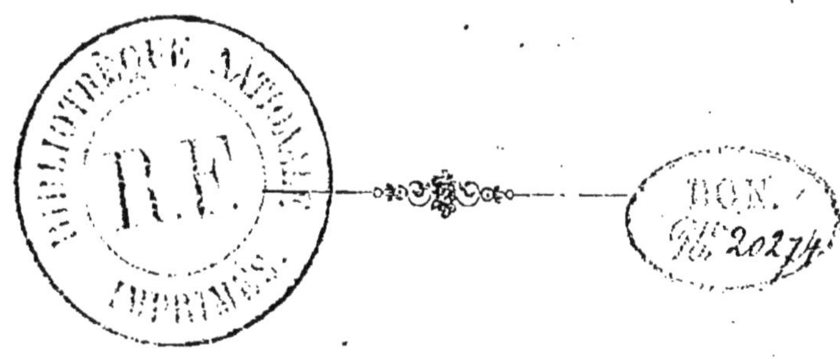

NANTES

CHEZ M. MAZEAU, LIBRAIRE, RUE SAINT-PIERRE,

M. MORIN, LIBRAIRE, PLACE NOTRE-DAME, 2.

—

RENNES

CHEZ M. FOUGERAY, LIBRAIRE, RUE AUX FOULONS.

—

1877

LETTRE

Aux Professeurs matérialistes de l'Université.

MESSIEURS,

Vous savez que vos « pères de 93 », comme diraient l'académique Hugo et le maratiste Naquet, ont raccourci légalement Lavoisier, en vertu des immortels principes de nivellement social. Ce procédé radical ne prouve pas que l'Égalité, au nom de laquelle on faisait manœuvrer l'instrument du docteur Guillotin, fût quelque chose de sacré pour ces honorables gouvernants qui faisaient tomber toutes les têtes, après les avoir d'abord fait « courber sous le niveau de la loi » de l'arbitraire; comme dit déjà le sectaire maçonnique du ministère qui est peut-être sous l'empire d'un mandat impératif. Mais alors, comme maintenant, il fallait bien invoquer une raison quelconque pour s'attaquer juridiquement à ceux qui possédaient les avantages de la fortune et du savoir, ou qui refusaient de se laisser encanailler. C'était tout simplement une brutale application de la philosophie des Jules Simon de ce temps-là.

Notre singe perfectionné de la loge ministérielle d'aujourd'hui criait jadis en larmoyant d'hypocrisie, au nom de la Liberté, parce qu'il voulait brouter du pouvoir; mais aussitôt qu'il s'est vu en position de se bien régaler, il a réclamé lui aussi, sans vergogne, sinon les services de la guillotine, du moins le bénéfice des lois qui interdisent de venir troubler le fonctionnement régulier de l'estomac républicain; puis, en homme d'Etat « profondément conservateur », il a dit sententieusement, comme avec sa pose d'orateur libéral pérorant en 1848, dans la chaire de la chapelle monumentale de N.-D. du Tertre, à Châtelaudren : Je respecte la *Légalité*. M. le procureur de la République a reçu ensuite l'ordre de sévir avec « fermeté et énergie » contre les grignoteurs de *L* conservatrice de la propriété; sans oublier les publicistes mécontents de l'ère du *Libéralisme* maçonnique de l'intérieur, quoique l'un d'entre eux ait rappelé, avant d'aller en prison d'où l'on fait sortir les communards, que le 606 blasonné de l'Internationale avait émis le vœu d'une loi ainsi conçue :

« La presse est libre sans restriction ni réserve. »

Il est bien difficile, n'est-ce pas, Messieurs, de pouvoir s'empêcher d'éclater de rire, même entre l'imprimeur et le geôlier, en voyant cette bouffonnerie du Suisse parlementaire et le libre-penseur revenant de Venise? Une pareille comédie gouvernementale peut avoir cependant les plus graves conséquences, en suggérant à la populace matérialisée l'idée des parodies sanglantes; comme celle qui a donné lieu à un procès qui vient d'être jugé, et où le coupable Billoir était accusé d'avoir coupé une femme en morceaux. L'homme de l'art, appelé à l'audience en qualité d'expert, disserta si savamment sur ce procédé de charcuterie, que, pour toute justification, l'assassin se contenta de dire gravement : « Je respecte la science. » Le scélérat en question regrettait peut-être en ce moment de n'avoir pas eu un charnier préparé tout exprès pour y mettre en sûreté, et à profit, le produit de son nouveau genre d'industrie qui n'excède pas les bornes de la « liberté absolue », promise par Simon, candidat, et mis en saucissons, pour son appétit, par Simon devenu chef de cabinet conservateur, en trompant la faim du manœuvre, savamment perverti et démoralisé, qui se voit réduit au rôle d'un Billoir faisant usage de la hache ou du couteau, puis du pétrole pour la grillade. Mais en attendant ce perfectionnement du progrès matérialiste, qui conduit scientifiquement à l'anthropophagie, je crois devoir faire une petite réflexion à ce sujet.

Avez-vous fait attention, Messieurs, à cette singulière expression ? « Je respecte la science. »

Ne croirait-on pas voir le carabin de première année s'extasiant devant un Robin quelconque qui démontre, le scapel à la main, que l'homme blanc n'est pas autre chose qu'un animal dont la chair est très-recherchée des habitants de l'intérieur de cette Afrique où la force brutale du nombre continue de faire loi?

J'ai été frappé du sens de généralité attribué à ce travail d'anatomie ou de dissection ; car enfin cette sorte de manipulation ne constitue pas précisément toute la science ; pas plus que les rigueurs que le Numéroté officiel, de l'Ordre de la Truelle, déploie contre les honnêtes gens, qui gênent la radicaille, ne sont une preuve suffisante du respect de la *Légalité*. Il y a, par exemple, un précepte du *Décalogue* qui dit : « Tu ne tueras point. » Or, cela aussi fait partie de la science, et le respect de cette toute petite phrase suffirait même pour faire abolir la peine de mort, abolition réclamée par les Caïns de tous les siècles. Eh bien ! vous autres, Messieurs, vous dites quelque chose qui n'est pas moins niais, quand vous rejetez le Christianisme en proclamant sur votre ton le plus superbement dédaigneux, que « La science a prononcé ! » Ce n'est assurément qu'une blague sans valeur scientifique; mais votre titre de savants lui donne de l'importance aux yeux de la plupart de ceux qui vous écoutent.

Tous les dogmes catholiques ont été attaqués par les gens de votre espèce, au nom des diverses branches du savoir humain, qui finit toujours par se retourner contre vous ; mais, comme c'est surtout de la chimie que vous prétendez tirer vos principaux arguments en faveur du matérialisme, je vais vous rappeler ici une petite leçon que vous feriez bien de ne point oublier :

« C'est un peu avant la révolution de 1789 que l'azote a été révélé aux hommes, par un savant français qu'on peut regarder presque comme le père de la chimie moderne, et dont je vous invite à bien retenir le nom, un des plus glorieux de votre pays. Il s'appelait Lavoisier. En cherchant à se rendre compte de la combustion, qu'on expliquait avant lui comme on pouvait, Lavoisier réussit à séparer l'un de l'autre nos deux voisins de l'atmosphère, et, le premier sur la terre, il put tenir, dans deux flacons, d'un côté, le bouillant oxygène délivré de son importun mentor, de l'autre le grave azote, arraché à son étourdi de pupille. Ce qu'il fit du flacon d'oxygène, peu nous importe. Mais dans le flacon d'azote, il plongea, pour essayer, une malheureuse souris, puis un petit oiseau, qui, ne trouvant plus d'oxygène à respirer, moururent l'un après l'autre. Rien ne pouvait vivre là-dedans, comme vous devez bien le penser. Lavoisier crut bien faire en donnant à ce gaz meurtrier le nom d'azote, qui veut dire en grec : *Contraire à la vie.* Puis la science a marché à la lueur du flambeau qu'il venait d'allumer. Sont venues les découvertes de ses successeurs qui ont pénétré de force dans le laboratoire obscur où se préparent les éléments des corps vivants. Tout compte fait, il s'est trouvé que cet azote, contraire à la vie, était précisément une condition essentielle de la vie, qu'il l'accompagnait partout, et que sans lui croulerait toute la charpente de la machine animale. Il n'en a pas moins gardé son premier nom que l'usage avait consacré ; mais je m'imagine que pas un savant ne le prononce aujourd'hui sans se sentir rappelé à la modestie, et sans penser que l'avenir lui garde peut-être bien des démentis. »

C'est curieux, n'est-ce pas, Messieurs ? Mais supposez donc que ce grand savant se fût avisé de faire disparaître, au nom de la science, cet azote accusé d'être nuisible à l'espèce humaine, comme aux autres créatures vivantes ! Tout le monde aurait péri... si l'entreprise avait réussi. Or, voilà précisément ce que vous essayez de faire dans l'ordre moral, lorsque vous tentez d'opérer la séparation de l'Eglise et de l'Etat ; c'est-à-dire d'enlever à l'homme, composé d'un corps et d'une âme, les deux éléments nécessaires à sa double existence, matérielle et spirituelle. L'expérience fut poussée si loin, à la fin du siècle dernier, que le pauvre peuple français, gratifié du bienfait de la République, faillit en périr ; ce qui n'empêche pas que vous entreprenez de recommencer tout bonnement comme s'il s'agissait d'expérimenter sur de vils animaux. Il y a là, Messieurs, une atrocité bête dont peut-être vous auriez tous horreur, si vous n'aviez pas été familiarisés avec ces sortes de forfaits, par plusieurs de vos confrères et amis qui ont contracté l'habitude de tuer, sans le moindre souci d'une responsabilité toujours mise à couvert par cette faculté qui leur est donnée de pouvoir déclarer officiellement que tel malade, qui vient d'être assassiné par la médecine, avait une ou plusieurs maladies mortelles auxquelles on peut donner n'importe quel nom, pourvu qu'il exprime une affection faisant partie de la nomenclature scientifique; car alors on dit que la science a prononcé, et tout est fini!

L'effort suprême du Robinisme contemporain a eu pour objet d'appliquer au Christianisme ce mode d'exécution sommaire dont vous vouliez faire, Messieurs, un des attributs du monopole universitaire; mais les Catholiques, qui sont essentiellement les fils de la *Liberté*, ont bondi d'indignation à la vue du sacrilége attentat, de ce libéralisme despotique qui, non content d'avoir toute liberté d'action sur les corps, au nom de l'Etat, voulait encore étendre jusqu'aux âmes ce tyrannique privilége. Et c'est pour échapper à l'imminence de ce péril social que les Universités Catholiques ont été créées, car on a senti la nécessité d'écraser, sur le terrain même de la science, cet ignoble matérialisme que vous vous arrogiez le droit d'imposer, comme le feraient des huissiers, en forçant, au nom de la loi, la porte du sanctuaire inviolable de la conscience. Ce n'était déjà pas peu de chose d'avoir à se défendre contre des assassins irresponsables! Mais enfin, dans cette situation anormale, le ministère des singes de la Faculté pouvait encore se réduire à faire des martyrs, et, à la rigueur, cet innocent métier aurait pu encore être toléré par des gens qui savent que celui qui ne peut faire périr que le corps n'est pas excessivement à redouter; mais quand vous eûtes poussé l'impudence jusqu'à oser afficher publiquement votre intention d'abuser des immunités de votre profession pour abrutir la jeunesse qui vous était confiée, en lui faisant accroire, au nom de la science officielle, que toutes les aspirations de l'être doué de raison devait se borner aux honneurs de l'enfouissement civil, le silence de la résignation devenait un crime.

Le sentiment catholique a fait explosion; et la commotion a été si violente, que toutes les Facultés de l'Etat en ont été ébranlées. Le protestant Waddington a crié aux millions; et, en vertu de nos libertés civiles et politiques et de l'égalité de tous les citoyens français, les jeunes gens, qui voudront fréquenter les écoles où s'enseignent les plus abjectes doctrines, pourront jouir du bénéfice des bourses publiques, refusées aux élèves des Universités Catholiques, qui, par la contribution payent pourtant une partie de ces espèces de bons de charité, réclamés à titre de priviléges par l'Université qui éprouve le besoin d'acheter des élèves pour peupler ses palais sur lesquels on lit :

A BAS LES PRIVILÈGES.

LIBERTÉ. EGALITÉ. FRATERNITÉ.

Cette farce libérale est une palinodie des prétendus principes de 89. Mais c'est en vain, Messieurs, que vous cherchez à prendre par la bourse, vous serez vaincus, car la science a prononcé contre vos ignobles utopies. Oui, Messieurs, une expérience qui dure depuis six mille ans, et qui a été faite sur tous les points du globe, prouve que l'humanité ne peut pas se passer de religion. Quelle que soit l'épithète scientifique qu'il vous plaira de donner à cet azote moral, il restera toujours pour le genre humain la condition d'existence imposée par le Créateur et qu'aucun expédient factice ne saurait remplacer. C'est cette considération qui m'a donné l'idée de chercher ce Froteille, non parmi les pauvres attardés de la superstition, mais parmi les lettrés de la société des gens comme il faut.

Dans l'espoir que vous accueillerez favorablement l'hommage de ce type du libre-penseur, où l'on trouve tout ce qui fait l'objet des fortes études psychologiques, je vous prie, Messieurs, de vouloir bien agréer ici l'expression de mes meilleurs sentiments, et l'assurance de ma respectueuse sympathie pour la science.

Votre très-humble et tout dévoué serviteur,

CONSTANT GUIMARD.

PRÉFACE.

L'antiquité païenne nous a conservé le souvenir d'un fait que l'historien raconte ainsi :

Dion avait pour ami un Athénien nommé Callippus. Ils avaienr fait la guerre ensemble, et Callippus s'y était distingué ; il fut même de tous les amis de Dion le premier qui entra dans Syracuse une couronne sur la tête ; et dans tous les combats où il s'était trouvé il avait donné des preuves éclatantes de valeur. Mais lorsque la guerre eut privé Dion de ses meilleurs amis et qu'Héraclide eut été mis à mort, Callippus qui vit que le peuple de Syracuse n'avait plus de chef et que les soldats mêmes de Dion jetaient les yeux sur lui, se montra alors le plus scélérat des hommes : ne doutant pas que la Sicile ne devînt le prix du meurtre de son hôte et de son ami ; ayant même reçu, à ce qu'on assure, des ennemis de Dion, vingt talents, pour salaire de ce crime, il corrompit quelques soldats étrangers et les aposta pour ourdir la trame la plus perfide et la plus criminelle. Il rapportait tous les jours à Dion les discours vrais ou faux qu'on tenait contre lui, et par là il sut si bien s'insinuer dans sa confiance et s'assurer une grande liberté, qu'il pouvait parler en secret à qui il voulait et dire contre Dion tout ce qu'il jugeait à propos. Dion même le lui avait ordonné, afin de connaître tous ceux qui nourrissaient des germes de haine et de sédition. Il en résulta que Callippus connut bientôt ceux qui avaient l'esprit corrompu, et qu'il lui fut facile de les soulever contre Dion. Si quelqu'un des soldats rejetait ses propositions et allait dénoncer à Dion ses intrigues, celui-ci n'en était ni inquiet, ni troublé, puisque Callippus, à ce qu'il croyait, n'avait fait qu'exécuter ses ordres.

Le complot était déjà formé, lorsqu'il apparut à Dion un fantôme effrayant et monstrueux. « Un jour qu'il était assis dans un portique de sa maison, seul et livré à ses réflexions, il entend tout à coup du bruit à l'autre bout du portique ; il y porte ses regards, et, à la faveur du jour qui restait encore, il aperçoit une grande femme qui, par les traits de son visage et par son habillement, ressemblait à une furie de théâtre, et balayait la maison. » (Comme une démocratie communarde !)

« Callippus s'était associé plusieurs complices, et un jour que Dion était avec ses amis dans la salle, les conjurés entourèrent sa maison : les uns gardèrent les portes et les fenêtres ; les autres, qui devaient porter les mains sur lui (c'étaient des [illegible] Zacynthe), entrèrent dans la salle en [illegible] et sans épée. Ceux qui étaient [illegible] dehors fermèrent la porte sur eux. Les [illegible], s'étant jetés sur Dion, s'efforcèrent de [illegible], mais n'ayant pu en venir à bout, ils [illegible] une épée. Personne de ceux qui [illegible] dedans n'eut le courage d'ouvrir la [illegible], quoique Dion eût auprès de lui plusieurs [illegible], qui, espérant chacun qu'en le laissant [illegible] il sauverait sa vie, n'osèrent pas le [illegible] » (Comme les héros *périsiens* au pied [illegible] de Louis XVI, ou en présence des [illegible]

[illegible] quelque délai, un Syracusain, nommé [illegible] tendit par la fenêtre, à un des soldats, [illegible] poignard, avec lequel ils égorgèrent Dion.

[illegible] le meurtre de Dion, Callippus jouit [illegible] d'une fortune brillante, et se vit le maître [illegible] Syracuse. » Mais il ne tarda pas à recevoir [illegible] de son crime. Etant allé attaquer [illegible], « il y perdit un grand nombre des siens, [illegible] particulier les soldats de Zacynthe qui avaient [illegible] Dion. Rejeté de toutes les villes de Sicile qui [illegible] chassaient comme un monstre digne de toute [illegible] haine, il se retira à Rhége, où, réduit à la [illegible] grande détresse, il fut assassiné par Leptine [illegible] Polysperchon, et, à ce qu'on assure, avec le même poignard dont on s'était servi pour tuer Dion. »

On frissonne d'épouvante en lisant les détails de ce drame effroyable ; ainsi que le hachis de cadavre dont il est parlé dans la lettre qui précède, et cependant il n'y a rien là qui ne soit très-naturel dans une société qu'envahit le matérialisme ; c'est pourquoi j'ai commencé par ces horribles récits, afin que le lecteur soit moins disposé à taxer d'exagération les actes d'une scélératesse analogue dont il est parlé dans la vie de Froteille.

Je sais bien que beaucoup de lecteurs éprouvent de la répulsion pour ces sortes d'évocations. Ils préféreraient ne voir que des exemples de vertus proposés à l'imitation de la jeunesse ; mais enfin si l'histoire, malgré ses horribles récits, reste un livre ouvert à tout le monde, je ne vois pas pourquoi l'on s'imposerait l'obligation de ne parler que de choses édifiantes, à une société à laquelle il importe tant qu'on rende évidentes et palpables les conséquences très-logiques de ces doctrines funestes qui exposent le peuple au danger d'un empoisonnement général, d'autant plus à redouter que le venin est mieux dissimulé sous les fleurs d'une littérature pleine de séductions.

FROTEILLE.

CHAPITRE I

Les premières Années de Froteille.

André Froteille naquit à la ville. Le bruit de la place publique remplaça pour lui les suaves mélodies de l'oiseau qui gazouille autour du berceau de l'enfant du peuple à la campagne. La monotonie de ses premières années ne fut guère interrompue que par le fracas de la rue et les curiosités du saltimbanque. Or, ce sont là des choses qui ne peuvent que nuire au recueillement de l'âme, et où le cœur ne trouve aucune compensation à la privation des douceurs qu'on peut goûter au milieu des merveilles de la nature dont les charmes communiquent tant de poésie, même aux plus amères tristesses de la vie.

Les œuvres de l'homme semblent avoir seules le privilége de captiver l'attention du citadin distrait, qui s'habitue facilement à faire abstraction de l'idée d'une personnalité divine dont nous ne sommes tous que les très-humbles serviteurs ; mais aussi, en revanche, il n'est rien qui ne parle de Dieu et de la félicité éternelle aux paisibles habitants de ces champs, où le villageois aspire la Foi avec toutes ses espérances dès le printemps de la vie, comme l'air pur de la colline aux doux reflets de l'aurore.

Celui dont j'écris l'histoire reçut le jour dans l'atmosphère délétère d'un de ces centres populeux, d'où l'athéisme s'exhale en miasmes épidémiques, et où le blasphème est la protestation ordinaire que l'impiété fait, à son insu, contre la non existence de l'Être présent qu'elle veut insulter.

C'est une particularité que je crois devoir signaler, parce qu'on peut y trouver l'une des causes de l'inconduite de Froteille, qui aurait pu prévenir son malheur par des influences contraires, et de fortes réflexions sur ces grandes vérités qui naissent d'elles-mêmes dans le silence de la solitude ; car bien que les bonnes mœurs ne dépendent pas exclusivement du milieu où l'on se trouve, il n'en est pas moins vrai de dire qu'en général la campagne possède à ce sujet un immense avantage sur la ville.

André avait été doué des dons les plus précieux. Il avait tout pour lui !

Ses parents l'élevèrent avec beaucoup de soins et ne négligèrent rien pour en faire un brillant sujet. Ils lui firent faire de très-fortes études ; mais c'était malheureusement dans une de ces maisons d'éducation où les sciences passent avant tout, et où la Religion n'est regardée que comme une formalité de surérogation.

André eut l'excellence dans son cours et remporta presque tous les premiers prix. Cet élève fit l'admiration de ses professeurs et se trouva chargé de diplômes quand il termina ses études.

Un protecteur influent lui obtint une belle place dans une grande maison de commerce qui passait pour être la plus riche de cette contrée. Le jeune homme y fut très-bien accueilli, grâce à sa bonne tenue et aux nombreuses lettres de recommandation dont il était porteur. Il devint bientôt l'homme de confiance et put dès lors contempler les enivrantes perspectives du riant avenir qui se déroulait devant lui. Tout lui devenait possible !

André fut choyé dans sa jeunesse comme il l'avait été dans son enfance. La fortune le servit si bien qu'elle semblait craindre de lui déplaire. C'eût été un jeune homme accompli s'il avait été chrétien. Il ne lui manquait que cela ; mais cette lacune fut la cause de sa perte.

Il n'avait encore que vingt-quatre ans lorsque le

riche négociant qui l'avait admis dans sa confidence lui remit la direction générale de ses comptoirs. Froteille parut très-sensible à ce témoignage d'estime, et ne négligea rien pour remplir une charge si importante, d'où dépendait la prospérité de la maison qu'il pouvait enrichir ou ruiner selon que les affaires seraient bien ou mal surveillées.

Les commis parurent très-satisfaits de l'élévation de leur camarade, parce qu'ils lui connaissaient des talents vraiment supérieurs, et une rare aptitude pour le maniement des grandes affaires.

Tout prospérait sous cette habile administration, lorsque André eut l'imprudence criminelle de faire des connaissances qui furent pour lui une source de calamités. Cet infortuné ne put échapper aux séductions du monde qui l'idolâtrait. Il succomba aux appas de la volupté, et ne tarda pas à s'abandonner à l'infâme objet de sa passion. Une telle conduite ne l'empêchait pourtant point encore de remplir exactement les devoirs de sa charge ; c'est pourquoi ses parents et leurs amis ne trouvaient rien de répréhensible dans cette manière de vivre, qu'ils considéraient comme la vie commune de la plupart des employés de son âge, non imbus de cléricalisme. Son père et sa mère étaient d'autant plus aveugles sur son compte que les clients de la maison ne cessaient de vanter les incomparables qualités d'André qui passait à leurs yeux pour être un modèle de toutes les vertus de l'homme du monde. On leur persuada que la ville ne possédait rien de pareil; et, il faut avouer qu'en effet Frotaille ne laissait rien à désirer aux yeux de quiconque ne voit dans la vie heureuse qu'une période de jouissances aboutissant au néant. On louait sa générosité ainsi que son bon cœur. Tout le monde parlait à l'envi de ses manières distinguées et affables qui donnaient tant de grâce, même à ses actions les plus simples. C'était pour lui l'époque enchantée des plaisirs, dont les séduisantes illusions l'empêchaient de songer que cette terre ne peut être qu'un lieu de passage, où il n'est donné à personne de pouvoir fixer une existence qui ne doit avoir d'autres bornes que l'infini de l'éternité; vérité que méconnaissent trop souvent des officiers libres-penseurs qui semblent ne voir dans leurs hommes qu'un troupeau de gladiateurs.

Le soldat français est naturellement si bon enfant, qu'il ne s'effarouche pas ordinairement de quelques demi-douzaines de punitions disciplinaires imméritées, qui peuvent très-bien ne dépendre que d'un caprice de caporal ou de sergent, etc. Ces petits désagréments ne sont pas rares à la caserne; mais l'on ne s'en plaint pas trop haut, afin d'éviter une transposition de l'article en partie double, et aussi parce qu'on sait bien que les chefs ne peuvent pas facilement découvrir les coupables, parmi des lurons qui ne manquent guère l'occasion de se jouer des tours entre eux, et de faire avaler des couleurs à leurs chefs. Tout cela ne sert qu'à mettre de l'entrain dans la chambrée, où l'affaire importante est de combattre la nostalgie, qu'il importe de ne pas laisser devenir un mal épidémique. On fricote au besoin le chat de la cantinière, et ce gueuleton, en bonne et due forme, ne manque pas de mettre en gaieté pour quelques jours, si surtout il y a de la salle de police pour quelque « *pèrisien* » qui, cette fois, paye ainsi l'écot disciplinaire sans avoir été de la partie, tout en plaidant sa défense dans un langage qu'on pourrait comparer à celui de ce personnage universitaire de distinction qui, voyageant à cheval, appela ainsi un paysan qu'il vit passer dans un champ : « Agricole! agricole, accélère ta marche rustique... Viens équilibrer mes supports équestres » (comme deux parlements républicains), « dont l'un est trop prolixe et l'autre trop succinct. »

On rengaine ensuite provisoirement la jovialité pour l'exécution du salut militaire au passage de l'officier de service; mais l'éclat de rire s'en vient aussitôt vous ragaillardir les caractères. Ce sont des prouesses de ce genre qui rompent la monotonie de la vie de caserne, et rien n'amuse au village comme le récit de pareilles aventures ; mais, hélas ! il n'en est plus ainsi quand le duel vient jeter la consternation parmi de joyeux camarades, auxquels on a imposé moralement l'obligation de s'entretuer, pour quelques caresses un peu trop rudes sur la joue, ou l'une de ces paroles que l'usage ne tolère que dans la chaleur du pugilat parlementaire.

Ah ! sans doute, l'homme qui porte l'épée doit toujours être prêt à répandre jusqu'à la dernière goutte de son sang ; mais c'est seulement quand le devoir exige ce sacrifice pour Dieu et la patrie ; car l'âme immortelle donne à la vie, du dernier de nos fantassins, une valeur qui fait que rien de créé ne saurait en être le prix. Or, le duel est interdit par l'Eglise qui veut protéger ses enfants contre un usage barbare qui ne peut servir qu'à faire tolérer les assassinats. Il est un double crime aux yeux de la religion et de la famille. Il n'y a que d'exécrables tyrans qui puissent se permettre de violenter ainsi la conscience de ces jeunes gens dont l'officier doit être le père et non le meurtrier. Oh ! chef misérable, monstre qui restez impassible en voyant ce cadavre porté sur la civière à la fosse, vous n'auriez jamais le courage maudit de laisser commettre un pareil forfait, si vous saviez ce qu'il en a coûté pour élever cet enfant qui ne vous avait été confié, à la fleur de l'âge, que pour en faire un défenseur de la patrie !... Voyez donc quel deuil la sinistre nouvelle va jeter dans cette maison, où une honnête famille appelait de ses vœux le jour du congé qui devait rendre au hameau, ce beau militaire tout florissant de jeunesse, que vous avez fait massacrer par condescendance pour un stupide préjugé de faux point d'honneur !

C'était le fils, le frère, l'ami, le camarade d'enfance, dont tout le voisinage s'apprêtait à fêter la prochaine arrivée, eh ! c'est l'image déshonorée d'un *supplicié* qui apparait aux regards stupéfaits du père, dont l'imprécation de la colère interrompt la lecture du fatal avis au milieu d'une scène déchirante de cris et de sanglots !...

Pauvre mère, vous surtout, qui aviez prodigué tant de soins à ce cher objet de votre tendresse, voilà donc le cas qu'un sauvage, en costume d'officier, a fait de l'enfant chéri qui était votre gloire et l'espérance de vos vieux jours !... Ah ! si au moins il vous était encore permis d'espérer, pour lui, dans l'efficacité expiatrice du plus grand des sacrifices, ce martyre du soldat chrétien qui donne sa vie pour le salut de ses frères... Hélas !...

Pleurer, sera votre unique récompense ici-bas, pour tant de privations, de fatigues et de veilles que vous vous étiez imposées afin de donner un défenseur à la France, un chrétien au Ciel.

Pleurez, mère infortunée; mais pleurez en silence, sans attendre aucun adoucissement de cette sympathique expression de la reconnaissance publique qui entoure, comme d'une auréole, la douleur sacrée de la femme vénérée dont le fils est tombé glorieusement sur le champ de bataille.....

CHAPITRE II

Mort de M. Froteille et Conversion éclatante de son Epouse.

Les parents d'André s'aperçurent bien vite que leur fils était devenu l'idole de la ville. Ils se trouvaient amplement dédommagés de tous leurs sacrifices pour ce cher enfant. Ils étaient enivrés de ses succès et semblaient être au comble de leurs vœux.

Ils jouissaient ainsi de leur bonheur depuis quelque temps, lorsque le père fut atteint d'une apoplexie qui ne laissa bientôt plus aucun espoir de guérison.

Le curé de l'endroit se présenta plusieurs fois à la maison. Il fut reçu avec beaucoup de politesse ; mais on lui répondait à chaque fois que rien ne pressait encore.

Le fatal plus tard ne se fit pas attendre longtemps ?

On remarqua un soir que le malade s'affaissait d'une manière effrayante ; c'est pourquoi un serviteur s'empressa d'aller chercher le ministre de la Religion qui arriva en toute hâte.

Le malade se soumit à toutes les exigences de cette extrémité ; mais il avait déjà perdu presque complétement l'usage de la parole.

Cet homme était un sceptique de la génération du siècle dernier, qui n'avait jugé du christianisme que d'après son journal libre-penseur. Chiffrer avait été toute son occupation, pendant le cours d'une vie assez longue, au milieu du tourbillon des affaires. Il ne s'était jamais donné la peine de chercher à résoudre ce grand problême de l'existence, dont la solution doit avoir des conséquences qui ne seront rien moins qu'une éternité de bonheur ou de malheur. Ce type de la bureaucratie voltairienne se faisait néanmoins un devoir d'appartenir au parti conservateur ; probablement parce qu'il craignait que les convulsions révolutionnaires lui fissent perdre les avantages d'une belle position gouvernementale. On n'en parlait que comme d'un honnête homme ; et en effet, il n'avait jamais eu aucun démêlé avec la police. Il était même très-compatissant et donnait assez fréquemment aux Sœurs de Charité, à qui la Ville avait confié le Bureau de Bienfaisance.

Le fils Froteille s'acquitta en cette circonstance de tous les devoirs d'un enfant bien né. Il montra son excellent naturel en s'efforçant, par tous les moyens en son pouvoir, d'apporter quelque adoucissement à l'état douloureux où se trouvait son père.

La mort vint enfin !

Ce fut pour André le sujet d'une immense désolation ; mais un spectacle si capable de rappeler à l'esprit les grandes et salutaires vérités que l'homme ne devrait jamais perdre de vue, ne lui fit éprouver que les accès d'un chagrin presque délirant.

Il resta quelques semaines avec sa mère, se consolant ensemble, et avec leurs nombreux amis, du malheur qui venait de les frapper.

Une partie de ce temps fut employé à mettre ordre aux affaires de la famille ; puis le jeune homme alla reprendre l'exercice de ses fonctions.

Sa mère commença dès lors à vivre comme la plupart de ces veuves désœuvrées, desquelles on ne doit pas trop parler si l'on ne veut pas s'exposer à blesser la charité.

Elle mena ce genre de vie pendant trois ans et l'aurait probablement continué jusqu'à sa mort, sans un événement qui fut un vrai coup de Providence.

Cette dame, dont l'incrédulité avait égalé celle de son mari, se trouva en quelque sorte forcée, par les convenances, d'assister à une grande mission qui se donna dans la localité où elle s'était retirée depuis le commencement de son veuvage.

Elle ne savait pas trop ce que c'était que tout cela, dont plusieurs de ses voisines lui racontaient les choses extraordinaires. Une telle ignorance en pays catholique peut paraître incroyable, et néanmoins il n'y a pas lieu d'en être surpris ; attendu que cette femme n'avait encore assisté à aucune retraite, et qu'il ne lui était jamais arrivé d'ouvrir un seul livre de piété, ne lisant d'ordinaire que les feuilletons de ses journaux et autres romans du genre de ceux qui attirent des succès, d'autant plus faciles, que la passion applaudit toujours à quiconque écrit pour la flatter.

Ses dispositions étaient de nature à ne faire rien présager de bon, et pourtant une conversion sincère allait opérer un changement complet dans cette nature toute pétrie de scepticisme. C'était là que la grâce devait opérer l'un de ces miracles de salut qui sont la raison d'être des exercices de ce pénible labeur apostolique, dont l'objet est de réchauffer le cœur et de faire naître ou de raviver la foi.

Le principal prédicateur était un de ces hommes de Dieu, dont la charité véhémente triomphe de toutes les résistances. Ce prêtre éminent était un Révérend Père Jésuite, qui avait été choisi tout exprès pour combattre l'indifférentisme de cette mauvaise ville, dont l'impiété scandaleuse n'était malheureusement que trop célèbre dans toute la contrée. C'était un véritable apôtre ; c'est pourquoi sa parole avait une puissance qui subjuguait les plus endurcis. Une science approfondie éclatait dans ses discours, et son raisonnement était si solide qu'il n'y avait pas moyen de lui échapper. On le sentait tellement pénétré des vérités qu'il enseignait, que sa propre conviction semblait passer tout entière dans l'âme de ses auditeurs.

Mme Froteille en fut si vivement impressionnée qu'il lui échappa plusieurs fois de ces mouvements irréfléchis qui trahissent le secret d'une âme violemment agitée.

Elle voyait son scepticisme disparaître peu à peu devant la logique écrasante de l'illustre convertisseur qui poursuivait l'incrédulité jusque dans ses derniers retranchements.

La pauvre incrédule parut enfin toute stupéfaite en contemplant, pour la première fois, la majesté divine de ces sublimes vérités, et rougit alors de son inqualifiable ignorance en fait de Religion. Elle eut horreur de sa conduite et voulut immédiatement la mettre en rapport avec les prescriptions de l'enseignement de l'Eglise ; car la Foi s'était irrésistiblement emparé de son esprit. On la vit donc pour la première fois se diriger vers un confessionnal. Elle alla confier le déplorable état de son âme au saint et savant missionnaire qui acheva enlever jusqu'à l'ombre même du doute, en faisant apparaître à ses yeux le rayonnement de cette douce et vive lumière qui réchauffe le cœur et illumine l'intelligence; aussi, cette véritable pénitente montra, pendant tout le reste de la mission, une piété vraiment angélique. Cette âme était comme une terre nouvellement défrichée. La grâce y produisit les plus merveilleux effets.

La nouvelle convertie éprouva un tel contentement après son retour à Dieu, qu'il ne lui semblait pas qu'on pût être plus heureux ici-bas.

Son bonheur était pourtant encore troublé par de grandes responsabilités; parce qu'elle ne perdait pas de vue les égarements de son fils.

Madame Froteille devint un modèle de toutes les vertus.

Le charme des illusions avait disparu!

Elle ne songea pas seulement à son propre salut, en travaillant à réparer les irrégularités de sa vie passée; mais la conversion de son fils devint alors l'objet de sa plus vive sollicitude.

C'était l'indifférentisme dans lequel André avait été élevé, qui était la principale cause de tous ses égarements. Il fallut donc s'efforcer de remédier à ce vice d'éducation première, dont les conséquences fatales devraient faire trembler la femme à qui Dieu a confié le berceau; c'est-à-dire les destinées de l'humanité tout entière, puisque pour l'ordinaire, l'enfant ne se développe qu'en donnant plus d'extension à ce qu'il y a de bon ou de mauvais dans sa tendre nature, façonnée et dirigée par la mère, avec cet art incomparable qui est le plus merveilleux de ses attributs.

Mme Froteille écrivit à son fils une longue lettre qui passe pour un chef-d'œuvre de l'amour maternel. C'est là qu'on peut venir apprendre à connaître ce qu'il y a de plus émouvant dans l'éloquence du cœur.

Elle commence par faire l'histoire de sa conversion, en exposant les principales raisons qui l'ont portée à changer de conduite. Cet exposé était accompagné de sages conseils et des exhortations les plus vives. Cette première lettre fut suivie de plusieurs autres qui produisirent de si heureux effets que la conversion d'André paraissait être une affaire arrêtée, lorsque Mme Froteille fut atteinte de la cruelle maladie dont elle mourut.

CHAPITRE III.

Mort de Madame Froteille.

Mme Froteille semblait jouir d'une parfaite santé, lorsqu'elle ressentit tout-à-coup des douleurs aiguës auxquelles les médecins ne comprirent rien d'abord.

Le mal se déclara enfin... Hélas ! c'était un cancer interne, qui fut bientôt déclaré incurable.

Toutes les ressources de l'art furent impuissantes à conjurer le danger.

André n'avait pas été immédiatement informé du véritable état des choses, car on craignait de l'affecter trop vivement ; mais le moment arriva où il fallut avouer toute la gravité de la situation. Il partit sur-le-champ et ne put arriver cependant que pour être témoin des premiers symptômes de l'agonie. Oh ! qui pourrait exprimer fidèlement ce qui se passa en ce moment. Ce fut un instant de ces sortes de déchirements qui sont le terme et la récompense des grandes affections humaines.

La malade ne tarda pas à comprendre que le dernier souffle de vie allait lui échapper ; c'est pourquoi elle s'empressa de tout faire préparer pour la réception du saint Viatique, et bientôt la petite clochette se fit entendre dans les corridors.

L'assistance était religieusement prosternée, quand le ministre du Seigneur entra dans la chambre avec le Saint-Sacrement. Le prêtre fit une courte allocution qui impressionna vivement ; puis Mme Froteille communia, avec la piété et ce recueillement d'une âme qui ne s'occupe plus que de son éternité. Il dit encore quelques paroles d'édification et se retira ensuite, laissant la mère et le fils plongés dans ce silence de l'adoration qui est une sorte d'extase.

Il se passa en ce moment une scène des plus émouvantes.

Ce fut une heure de suprême jouissance et d'indicibles angoisses.

C'étaient les adieux de deux âmes qui se donnaient rendez-vous au Ciel !

Cette femme chrétienne endurait des souffrances atroces, et, néanmoins, on ne l'entendait pas laisser échapper une seule plainte. Elle paraissait même heureuse de pouvoir les offrir au bon Dieu pour l'expiation de sa vie passée. Elle avait presque constamment les yeux fixés sur une image représentant Jésus crucifié et Marie au pied de la Croix. Ses lèvres ne remuaient point ; mais on devinait ce qu'elle demandait en ce moment ; et ce langage muet avait quelque chose de si éloquent, que le pauvre André ne put y résister. Ce tendre fils embrassa sa mère pour la dernière fois et lui jura qu'il allait se convertir. Cette martyre résignée parut alors n'avoir plus rien à désirer en ce monde. Elle éprouva encore quelques palpitations précipitées. C'étaient les derniers signes de vie que donnait un flambeau qui s'éteignait. L'agonie entra par degré dans cette phase que caractérise l'insensibilité du cadavre. La moribonde ferma enfin les yeux et rendit son âme à Dieu.

André sentit vivement toute l'étendue de la perte qu'il venait de faire.

Il était comme accablé sous le poids de sa douleur !

L'amertume de cette cruelle séparation était cependant adoucie par l'espérance qu'il avait de revoir un jour cette mère chérie qui allait continuer de l'aimer ; car il se promettait bien de devenir un véritable chrétien.

Les funérailles se firent avec une grande solennité. On s'y rendit en foule, parce que cette conversion avait vivement impressionné , et avec une piété qui fit l'admiration de ceux qui avaient connu cette localité avant la grande mission qui l'avait presque entièrement renouvelée.

André voulut que rien ne manquât aux honneurs qui étaient dus à cette chère défunte. Il s'acquitta de ce pieux devoir avec un soin religieux, et ne voulut s'occuper d'aucune autre affaire avant d'avoir pleinement satisfait à tout ce que demandait sa piété filiale. Ce ne fut qu'après cela qu'il consentit à s'éloigner de ces lieux dont la vue lui rappelait de si pénibles souvenirs.

CHAPITRE IV.

André ajourne sa Conversion.

André Froteille avait l'intention de rester encore quelque temps en repos ; mais les employés, qui soupçonnèrent son dessein de changer de vie, se coalisèrent pour le forcer de renoncer à ce projet, qui aurait pu avoir des conséquences si fâcheuses pour eux. Ces jeunes gens redoutaient la conversion d'André, parce qu'ils savaient bien que le libertinage ne serait plus toléré parmi eux, dès que Froteille aurait commencé à le flétrir par l'exemple public d'une vie vraiment chrétienne. Ils mirent tout en œuvre pour faire échouer son entreprise, et supplièrent leur maitre commun de le redemander au plutôt.

On les vit inventer mille prétextes et prétendre ne pouvoir se passer plus longtemps de sa présence.

Monsieur connut bien vite le véritable motif de leurs importunités ; mais il fit semblant de ne se douter de rien. Il écrivit donc pour hâter ce retour, afin de se débarrasser des importunités qui l'assiégeaient du matin au soir, et aussi parce qu'il redoutait lui-même l'effet d'une conversion si éclatante dans sa maison, où la religion n'était connue que de nom.

Il aurait été, en effet, trop gêné par la cohabitation d'un homme vertueux. La présence d'un converti l'aurait fait rougir. Il aurait eu honte de paraître devant un chrétien tel que l'eût été celui-ci, ne se dissimulant pas que ce jeune homme n'avait besoin que d'une connaissance approfondie de la Religion pour en devenir l'un des plus beaux ornements; et tout le personnel bureaucratique de la maison était contraint de s'avouer, en secret, qu'il n'y avait que le Catholicisme qui pût suffire à une intelligence aussi élevée.

Froteille se trouva ainsi contraint d'ajourner la retraite par laquelle il avait eu dessein de commencer sa conversion.

Hélas! ses perfides amis n'en demandaient pas davantage.

Ils s'entendirent pour ne pas lui laisser un seul instant de repos, ne l'arrachant à la direction des bureaux que pour le conduire au spectacle ou à quelque partie de plaisir. Ces suppôts de Satan s'y prirent de telle sorte, que leur ami finit par oublier complétement ses projets de retraite; de sorte que sa conversion se trouva ainsi renvoyée aux calendes grecques.

C'était le moment attendu pour triompher de toutes ses résolutions !...

Ils eurent alors l'infernal courage de lui présenter eux-mêmes l'objet de ses anciennes faiblesses. Cette misérable créature mit en jeu tout ce qui est le plus capable de captiver le cœur d'un jeune homme. Elle triompha !... L'infortunée retomba dans le vice... Il s'y plongea même beaucoup plus avant qu'on ne s'y était attendu. Il fit des dépenses excessives pour soutenir le rang qu'on affectait de lui donner dans ce genre d'orgie que tolère la morale élastique du philosophisme. Il devint aussi vicieux qu'on peut l'être, tout en sauvegardant l'extérieur des vertus de l'honnête homme des sans Dieu. Le souvenir de sa mère convertie lui revenait souvent à l'esprit, ainsi que les promesses qu'il lui avait faites sur son lit de mort ; mais il se hâtait d'éloigner ces pensées importunes qui troublaient ses criminelles jouissances. Il ne voulut bientôt plus même entendre parler, en dehors des obligations de sa charge, de quoi que ce soit qui pût flatter en lui d'autres instincts que ceux de cette volupté dont l'effet le plus immédiat paraît être, chez ceux qui s'y abandonnent, de fausser l'entendement d'une certaine manière qui n'est pas sans analogie avec ce qu'on remarque dans la plupart des aliénés, dont le jugement ne se trouve en défaut que sur des questions auxquelles il suffit de toucher, même indirectement, pour entendre une dissonance semblable à celle d'une note faussée sur un clavier.

Le cœur où bouillonne la passion produit, sur toutes les facultés de l'âme, des effets qui seraient incroyables si les faits, malheureusement trop nombreux, ne se dressaient pas devant nous comme des témoins irrécusables, qui forcent la conviction d'admettre parfois ce qu'il y a de plus invraisemblable. C'est là une propriété funeste, inhérente à cette effervescence, qui peut exercer sur la raison une action comparable à certaines maladies qui enlèvent à l'œil du malade la faculté de voir les divers objets avec les couleurs réelles, qui leur sont propres, telles qu'on les a vues jadis et qu'on doit encore les voir après le recouvrement de la santé. Or il arriva que, par une conséquence de cet état maladif, André en vint assez vite à cette étrange disposition de cœur et d'esprit qui faisait que ce qu'on appelle la piété, ne lui semblait plus être qu'une niaiserie indigne d'un homme sérieux. Ceux qui s'y adonnent ne lui paraissaient pas moins naïfs que le pâtre ennuyé qu'on voit occupé à gagner une partie où sa main droite joue contre sa gauche. Tout cela, en ce moment, paraissait n'être plus à ses yeux qu'une puérilité pouvant indiquer le degré de faiblesse de l'esprit, par l'intensité de la ferveur ou absorption des facultés intellectuelles. Il lui arrivait quelquefois de rire aux éclats pendant les instants de cette sorte de délire, en songeant à des détails de la vie, qui entrent dans ce qui constitue l'état de sainteté. Et sans réfléchir que, même par des miracles éclatants, Dieu a fait connaître l'importance qu'il attache à ce sacrifice volontaire en son honneur, ce railleur s'écriait : « Qui donc a pu loger ainsi dans un cerveau humain, que l'excellence de la vie puisse consister à s'isoler des éléments de la jouissance ? »

Ce rire de bel esprit semble être un argument péremptoire pour bien des gens ; et cependant il n'est que le fait d'une ignorance absolue de ce qui constitue l'essence même de la philosophie ; car il y a des hommes incapables de pouvoir se renfermer dans les vulgarités de la vie commune, et auxquels il faut l'extraordinaire en toutes choses, selon qu'il se porte à droite ou à gauche.

Malheureusement un pareil langage s'étale journellement dans la presse. Pendant qu'au mois de janvier dernier, la *Petite République française* affectait de ne voir dans la dévotion qu'une « sorte d'imbécillité béate », le bandit des *Droits de l'Homme* et du *Radical*, franchissait, même sans

Lanterne, l'égout de la lubricité ainsi que les banalités du blasphème, et en venait carrément au *Ça ira* de la Terreur, qui fut le couronnement de l'orgie sanglante où l'on arriva fatalement en ouvrant les écluses de la licence populaire.

Hélas! André aussi, ce libertin imprévoyant, apprit à ses dépens que cette jouissance n'est pas le bonheur où il croyait arriver par le plus court chemin. C'était une sorte de Lamartine déchristianisé, dont l'âme avilie n'avait déjà plus assez d'empire sur elle-même pour se gouverner honnêtement. Car, ainsi que le disait un célèbre observateur du siècle dernier, quand l'homme en est venu là, le principe matériel domine en lui; « non-seulement il efface et soumet la raison, mais il la pervertit et s'en sert comme d'un moyen de plus; on ne pense et on n'agit que pour approuver et pour satisfaire sa passion...

« Mais, ajoute le même observateur, ce bonheur va passer comme un songe, le charme disparaît, le dégoût suit, un vide affreux succède à la plénitude des sentiments dont on était occupé. L'âme, au sortir de ce sommeil léthargique, a peine à se reconnaître, elle a perdu par l'esclavage l'habitude de commander, elle n'en a plus la force, elle regrette même la servitude et cherche un nouveau maître, un nouvel objet de passion qui disparaît bientôt à son tour, pour être suivi d'un autre qui dure encore moins : ainsi les excès et les dégoûts se multiplient, les plaisirs fuient, les organes s'usent ; » et souvent la fortune disparait avec la santé ou même la vie.

André ne tarda pas à être complétement débordé par ses dépenses exorbitantes.

Ses appointements disparurent dans ce gouffre !

Il fut contraint de vendre le patrimoine de ses ancêtres pour faire face à ses monstrueuses prodigalités que l'emportement de la passion ne lui permettait pas de modérer.

Son bien ne dura que peu d'années.

Tout y passa !

L'infortuné ne sut plus enfin de quel côté tourner la tête.

Il en était malade !

Il tremblait qu'on ne vînt à découvrir le triste état où se trouvaient ses affaires. On le voyait user de mille artifices, afin que personne ne se doutât de rien. C'était de sa part une étude continuelle à prévenir les soupçons, en faisant parade de ses libéralités dans le but de dérouter l'opinion.

Le public volage était ébloui de cette brillante situation. Personne à la ville n'était sans parler de cet heureux jeune homme. La plupart enviait son sort, car tout semblait aller au gré de ses désirs.

On le croyait le plus heureux des hommes, pendant qu'il n'était pas moins à plaindre que le dernier des mendiants. L'inquiétude le minait. Elle lui abattait le courage. Elle lui enlevait l'appétit ainsi que le sommeil.

Ce pauvre malheureux n'éprouvait que du dégoût et n'avait qu'une gaieté factice.

Il passait le jour à dissimuler son état naturel et la nuit à dévorer ses chagrins.

Ses cruelles perplexités le torturaient d'autant plus qu'il ne pouvait les confier à aucun de ses amis.

L'infortuné voyait bien alors ce qu'il aurait dû faire et où il aurait dû s'arrêter ; mais il n'était plus temps.

Nul moyen de réparer un si grand désastre !

Il se consumait en regrets inutiles et ses cruels retours sur lui-même ne servaient qu'à aigrir les remords qui le déchiraient.

Il se voyait plongé dans un marais fangeux et ses efforts semblaient ne servir qu'à l'enfoncer encore davantage dans le bourbier.

Ah ! c'est alors que lui apparut bien toute la frivolité de la morale qui l'avait séduit.

Toute sa prétendue vertu s'était évanouie.

En le voyant se replier si péniblement sur lui-même, sans savoir comment faire, ni que devenir, on pourrait être disposé à croire à une mystification ; car c'est presque un défi jeté au vraisemblable. Mais observez donc ce qui se passe chez quiconque est en proie à une passion violente. N'est-ce pas une sorte de frénésie que cet état maladif d'une âme dont la volonté est tellement appauvrie par l'habitude du vice, qu'elle se trouve impuissante même contre ses penchants qu'elle réprouve et qui font son malheur ? Eh bien ! Froteille offrait en sa personne ce lamentable spectacle.

Il arrivait parfois que son âme s'indignait de sa lâcheté. Il s'emportait contre lui-même en maudissant ses déplorables faiblesses ; et, alors, dans les accès d'une sorte de colère, il formait les résolutions les plus héroïques ; puis il succombait encore un instant après.

La passion était à peine satisfaite qu'il se reprochait de nouveau et amèrement ses meurtrières jouissances. Il formait de nouvelles résolutions que la prochaine occasion faisait disparaître de nouveau, comme un rêve au carillon du réveil-matin ; car il ne cherchait pas dans la Religion le seul remède infaillible contre cette maladie morale que la force de l'habitude rendait incurable ; c'est pourquoi son état était devenu véritablement horrible ! Eh ! c'est ainsi que le châtiment du vice commence dès ici-bas ; comme l'orateur sacré le disait il y a deux siècles, en élevant la voix devant un auditoire où se trouvaient tous les degrés de la haute société : « Si vous regardez, dit-il, la nature des passions auxquelles vous abandonnez votre cœur, vous comprendrez aisément qu'elles peuvent devenir un supplice intolérable. Elles ont toutes en elles-mêmes des peines cruelles, des dégoûts, des amertumes. Elles ont toutes une infinité qui se fâche de ne pouvoir être assouvie, ce qui mêle dans elles toutes des emportements qui dégénèrent en une espèce de fureurs non moins pénible que déraisonnable. »

Ah ! sans doute, il est facile à celui qui nage au sein de l'abondance, de s'écrier en certains moments de goguettes, comme un Jules Simon : « Je demanderai, sans ambages, le droit d'outrager une religion ; » (1) ce qui suffit pour se créer une réclame républicaine capable de faire arriver au sous-secrétariat de la Justice ou au ministère des Cultes,

(1) Cet hypocrite n'en continue pas moins de témoigner de son profond respect pour la religion, tout en demandant, avec Gambetta, qu'on fasse disparaître les cléricaux ; ce qui ne doit pas surprendre de la part d'un tartufe qui ose se déclarer dévoué aux intérêts de l'armée, après avoir demandé la suppression des soldats, qu'il représente comme des gens inutiles, expression que les communards interprètent dans le sens de raccourcissement ou de « Fusillez-moi ça ! »

places enviées qui suffiraient pour métamorphoser bien des *communards*, de manière à en faire d'*honorables* républicains profondément conservateurs. Mais aux jours d'infortune il n'en est plus ainsi pour quiconque ignore, ou perd de vue, que la vie en ce bas monde ne saurait être qu'une très-courte étape de notre existence, œuvre et propriété absolue du Créateur qui est souverainement libre d'en disposer selon son bon plaisir, quoiqu'en puissent penser les chimériques libéraux qui nous promettent la liberté *absolue*, comme si ce n'était pas l'attribut distinctif de la Divinité. Descendez dans les profondeurs du cœur humain pour en scruter les arcanes, et vous reconnaîtrez même que dans certaines situations désespérées, un vrai *libéral*, « partisan absolu de la liberté absolue, » est capable de passer, presque sans transition, de la vie d'*honnête homme* aux plus épouvantables forfaits, et d'en venir à ne plus considérer ses devoirs de citoyen que comme des puérilités.

L'histoire de la vie intime et publique de l'humanité, nous montre ce genre de phénomène moral se dégageant pour ainsi dire tout seul, sous l'action de cette espèce de fermentation philosophique où entre l'abstraction de l'existence au-delà du tombeau ; mais comme beaucoup de gens n'ont pas été à même de faire cette remarque, il me semble utile de rappeler ici qu'au mois de décembre 1876, sous le gouvernement de la *République conservatrice*, le doyen, président d'*honneur*, de la Chambre où se fabrique les lois, a pu être publiquement félicité de ce qu'à « vingt ans, il était déjà condamné à mort ; » et que « dans sa quatre-vingt-unième année, des juges français l'envoyèrent encore passer douze longs mois en prison. »

Je crois devoir ajouter encore que l'un des plus graves organes de la presse contemporaine racontait au mois de janvier 1877, que le patriote Jules Simon disait dans une circonstance solennelle, un peu avant la guerre de 1870 : « Nous demandons que l'armée permanente soit à jamais supprimée. » Et comme l'on faisait observer à ce brave *Suisse* que s'il en était ainsi la France se trouverait réduite à l'impuissance, cet *illustre* franc-maçon s'écriait en homme *compétent* : Tant mieux ! « elle ne serait plus capable de menacer la sécurité de ses voisins ; mais cette impuissance serait autant de gagné (*sic*) pour ses voisins et pour elle-même (1). »

Quand on faisait observer que l'Allemagne s'ap-

(1) Est-il étonnant qu'après un tel langage, ce civique, devenu grand maître de l'Université, ait été jugé digne de diriger le « *regimen* » de Prussiens *illettrés* qui patriotisent dans le *Siècle ?*

prêtait à fondre sur nous, ce personnage académique (splendeur de l'éclectisme universitaire), répondait avec l'assurance d'un *spirituel* député de la *Ville-Lumière :* « Je suis de ceux qui » (comme toute la *fine* rédaction du *Siècle* et des *Débats*) « pensent que l'Allemagne complétement unie sera moins redoutable pour nous que la Confédération du Nord soumise à l'hégémonie de la Prusse. »

Le journal qui raconte ces propos vraiment incroyables, ajoute : « Après 1870, ces colossales inepties ne paraissent pas seulement grotesques, et il est navrant d'avoir à les rappeler, » surtout en voyant que ce Simon, par le prestige d'une inexprimable magie, a pu réussir à devenir *premier-Paris* du Maréchal.

Hélas ! ce franc-maçon a pu, au premier de l'an, en pleine réception officielle, se passer la fantaisie de donner un soufflet au chef de l'Etat, en jetant une truellée de boue à la face de l'armée, quand après avoir dit de pareilles choses, il eut l'effronterie de parler ainsi à la députation du corps des officiers :

« Je compte, Messieurs, sur votre dévouement éprouvé » (oui, rudement *éprouvé*, quand on les oblige de venir offrir leurs hommages à un confrère des Communards !) « pour nous aider à faire respecter (*sic*) le gouvernement républicain, » (qui permet à tel député *libéral* de se trouver à quelques centaines de lieues de Versailles, occupé dans son étude à des affaires de notariat, pendant que des amis complaisants votent pour lui au Parlement, afin de ne rien perdre des 25 fr. par jour que procure cet *honorable* métier démocratique exercé au profit du *peuple* ; et parce que MM. les radicaux n'oublient pas que la République n'a été proclamée qu'à la majorité d'une seule voix, et encore en faisant une *entorse* au Règlement parlementaire ; ce qui peut donner lieu à de sérieuses contestations parfaitement légales, quand bien même aucun député royaliste, ambassadeur ou autre, n'eût été empêché de prendre part à ce vote suprême, qui était la raison d'être de l'Assemblée Nationale Constituante, dont les expédients républicains nous ont valu l'affront de voir notre *Intérieur* et nos *Affaires étrangères* confiés à des membres de cette Internationale que l'Eglise anathématise, et qui est même proscrite par la loi. Eh ! comme si ce double affront ne suffisait pas, la *bourse* de la France a été en quelque sorte déposée aux pieds d'un voleur de millions ; ce dictateur de taverne, qui ne tend à rien moins qu'à faire du Parlement un ramas de calomniateurs effrontés pouvant tout se permettre impunément ; ce Gambetta que l'échafaud réclame, « comme la pelletée de terre du fossoyeur appelle le cadavre ; » cet exécrable scélérat qui n'a pas reculé devant l'assassinat des mobiles de Conlie, qu'il livrait systématiquement au redoutable fléau de la variole au milieu d'une « mer de boue, » et auxquels il refusait les armes perfectionnées que la Bretagne lui avait payées pour ces braves jeunes gens dont quelques bataillons de leurs camarades, présents à Paris pendant le siége, avaient suffi pour sauver la capitale des horreurs de la Commune qui avait entrepris de faire son *Quatre-Septembre* à l'Hôtel-de-Ville, afin de pouvoir devenir le gouvernement *légal* du pays. « C'est la première fois que j'ai l'honneur de me trouver devant un corps d'officiers, continue le premier ministre du Maréchal, je saisis avec empressement cette occasion de dire combien je suis désireux de servir les intérêts de l'armée » (par la suppression). « Nul (*sic*) plus que moi » (pas même le chef de l'Etat) « n'apprécie à quel point nous avons besoin d'elle. »

Oh ! Monsieur le Maréchal, comment pouvez-vous tolérer que de pareilles tartuferies puissent s'étaler ainsi ministériellement aux yeux de l'Europe !... Etes-vous donc déjà résigné à laisser traîner votre *corps* d'officiers aux gémonies ?...

« Par votre valeur, poursuit le harangueur, par

votre discipline, par la dignité de votre vie, vous êtes au premier rang des armées de l'Europe. (Il faudrait au moins attendre pour parler ainsi que nous ayons recouvré l'Alsace et la Lorraine!) (1) quand vous subissez des désastres militaires, tout le monde sait que vous n'en êtes pas responsables. (Ecoute donc tes amis criant à tue-tête : Capitulards! capitulards!!) « Nous voulons faire en sorte que vous n'ayez rien à envier (*sic*), sous le rapport du bien-être et de la considération. » (Ici l'orateur devrait publiquement faire amende honorable à l'armée en déchirant la page où il a écrit : « Nous demandons que l'armée permanente soit à jamais supprimée. ») « C'est de notre part un sentiment de justice, de devoir.

» J'éprouve, pour moi, ajoute notre tartufe, une véritable satisfaction à vous dire combien je suis

(1) Je ne comprends pas qu'on puisse s'habituer à voir se continuer indéfiniment le rôle de subalterne que notre ineptie gouvernementale fait jouer à la reine des nations. Prenez donc vos lunettes d'approche, Messieurs nos hommes d'Etat, si vous ne voyez pas encore le triomphe éblouissant qu'il ne tient qu'à nous de faire sortir du chaos de la situation actuelle, au lieu du désastre d'explosion que prépare une politique qui ne sait point se montrer à la hauteur des difficultés de l'heure présente, et qui ne ressemble guère qu'à la *sage* et *prudente* conduite de Brueys à l'ancre dans la rade d'Aboukir.

passionnément épris de tout ce qui touche aux conditions d'existence (*sic*) et à la gloire de nos soldats. » (Jules, un bambin (1) de huitième qui se permettrait de pasquinader ainsi le dévouement de nos soldats, mériterait de recevoir une claque avec un pensum de 500 vers en souvenir du congé ministériel que tu fis prendre à ton gars pendant la guerre, afin de commencer ainsi la mise en pratique de ta blague *philanthropico-conservatrice*. « Il ne faut plus de soldats ; parce que, inutile au-dedans pour la justice, le soldat n'est pas même nécessaire à la frontière. ») « Et à cet

(1) J'aime à croire que notre premier *Suisse* ministériel me saura gré d'employer ici une expression qui ne donne de sa personne que l'idée d'un étourdi ; tandis que Duruy, grand maître de l'Université, Littré, sénateur et lexicographe académique, Robin, déchicteur de cadavre au grand amphithéâtre national, professant au nom de l'Etat, et autres universitaires des plus en renom à l'Institut de France, assurent avec toute l'autorité de leur compétence officielle que le Chef du Cabinet, vu son âge avancé, n'est pas autre chose qu'une vieille bête, de la descendance d'un papa singe et d'une maman guenon.

Si le parquet se laisse émouvoir par cette étrange allégation, je le prie de vouloir bien constater le fait, et de se joindre à tous les bons citoyens pour forcer le gouvernement de faire cesser une si intolérable anomalie, en défendant aux professeurs universitaires de déshonorer la France par de pareilles extravagances matérialistes.

égard, je n'apprends rien à M. le colonel Lambert, mon vieil ami (*sic*) » (pauvre colonel ! que je vous plains d'être ainsi englobé pêle-mêle dans la loge simonienne, en compagnie des francs-maçons qui peuplent la Calédonie, et du *communard* Méline logé à la *Justice*), « que je suis heureux de voir à votre tête, » dit encore le 606 ministériel.

Je ne me dissimule pas les graves inconvénients qu'il y a pour moi, en ce moment, à donner ainsi des coups de bistouri dans cet anthrax du libéralisme maçonnique qui s'est attaché à l'*autorité* du Soldat de la France ; mais quoiqu'en puissent penser les courtisans, ces *mendiants* de décorations de la Légion-d'Honneur, le temps approche où l'on reconnaîtra qu'il y a du patriotisme à faciliter, par cette opération chirurgicale, l'évacuation de ce genre de virus qui communique au gouvernement une odeur cadavérique tellement prononcée, que déjà de toutes parts, on voit les hyènes et les vautours s'inviter mutuellement à la curée générale qui se prépare, banquet démocratique auquel le ministre de l'*Intérieur* n'a pas eu honte de convier, par l'envoi des livrées *officielles*, ce *pasteur* protestant qui disait en 1871 : « La France a retrouvé son armée... *Tant pis ! nous espérions qu'elle l'avait perdue pour toujours à Sedan et à Metz.* »

CHAPITRE V.

Froteille reconnaît enfin que le Philosophisme l'a trompé.

Ce pauvre jeune homme était une victime du positivisme. C'était ce maudit philosophisme qui avait aveuglé ses parents, tout en le séduisant lui-même par les brillantes chimères d'une morale factice, qu'on ne fait miroiter aux regards du public que pour tromper plus sûrement.

Froteille ne put échapper aux séductions de cette sorte de religion qui flattait ses passions, tout en lui permettant de donner satisfaction aux plus nobles aspirations de son âme.

Une sorte d'oxydation morale envahit peu à peu son intelligence, au point de ne plus lui permettre aucune distinction entre les diverses jouissances qui ne se heurtent pas aux réglementations de la police. La notion même du bien et du mal finit par ne plus lui apparaître que sous l'image d'un vain fantôme au sein d'un épais brouillard. Les responsabilités de la volonté humaine lui semblaient incompatibles avec la fragilité d'une existence éphémère qui tient à si peu de chose; et, par une conséquence fatale, cet athéisme inconscient le conduisit à ne plus voir dans le meurtre lui-même qu'un acte dont le préjugé seul a pu faire une énormité, en trompant l'œil comme le ferait une loupe plus ou moins puissante. Une pareille disposition de cœur et d'esprit peut paraître incroyable au sein d'une nation chrétienne, car elle suppose le plus haut degré de l'aberration ; mais enfin, l'invraisemblance ne peut rien contre la réalité. Ce fait est sans doute une monstruosité capable de stupéfier ; néanmoins, la négation dont il n'est que la conséquence rigoureuse conduit là si naturellement, qu'un député radical parlait dernièrement des scéleratesses de « 92 à thermidor, » avec le sans-gêne d'un homme auquel ces horreurs ne font pas plus d'impression que le bruit du tonnerre sur l'ouïe de l'infortuné frappé de surdité.

La fortune servit d'abord si bien André qu'il put facilement jouer le rôle d'homme de bonne société, comme l'on dit dans les salons ; mais le dénoûment de cette comédie vint apprendre au public ce qu'il faut en penser.

Il lui advint un soir d'entendre quelques mots qui avaient trait à ses affaires.

Il n'en fallut pas davantage !

Son imagination s'échauffa immédiatement, et il ne lui fut pas possible de cacher son trouble.

Il inventa des prétextes pour ne point aller au théâtre et s'empressa de se retirer dans ses appartements. Son corps était brisé par la fatigue. Son esprit était épuisé par les insomnies et des embarras qui l'accablaient. Il avait peine à supporter la vie. Ah ! voilà bien l'affreux état dont parle Buffon : « Cet horrible dégoût de soi-même qui ne nous laisse d'autre désir que celui de cesser d'être, et ne nous permet qu'autant d'action qu'il en faut pour nous détruire, en tournant froidement contre nous des armes de fureur. »

Froteille se coucha dans l'espoir de trouver un peu de repos ; mais son court sommeil fut troublé par des rêves affreux. Il croyait entendre les clameurs de ses créanciers qui le traînaient devant les tribunaux, et la plus affreuse misère lui apparaissait en perspective.

L'infortuné se réveilla en sursaut.

Une sueur brûlante ruisselait sur ses membres agités.

Il crut d'abord échapper à un cauchemar ; mais la cruelle vérité lui apparut alors dans tout ce qu'elle avait de plus accablant. La réalité lui sembla plus affreuse encore que ce qu'il avait vu pendant la nuit, car son imagination troublée ne cessait de noircir le sinistre tableau de l'avenir qui l'attendait. Le sang lui gonflait les veines. Il avait la tête toute brûlante. Il y éprouvait des élancements si douloureux que son visage s'en crispait. Ses oreilles en tintaient. Ses yeux étaient tellement enflammés qu'il ne voyait que feu. C'est ainsi que se passa cette nuit de supplicié !

Le jour reparut, mais il ne fit qu'apporter un nouveau genre de tourment ; car il fallut recommencer à dissimuler, afin de continuer à dérouter l'opinion.

Une brusque réaction s'opéra en ce moment, comme il arrive après ces sortes de grandes agitations intérieures. Car, selon cette judicieuse remarque : « Dans l'homme, le plaisir et la douleur physiques ne font que la moindre partie de ses peines et de ses plaisirs : son imagination, qui travaille continuellement, fait tout, ou plutôt ne fait rien que pour son malheur, car elle ne présente à l'âme que des fantômes vains ou des images exagérées, et la force à s'en occuper. » Il pensa que rien de très-clair n'avait peut-être encore transpiré. Il commença même à se reprocher sa disparition irréfléchie de la veille, craignant que son absence au théâtre n'eût éveillé des soupçons ou confirmé ceux qui pouvaient déjà exister.

Le pauvre jeune homme se leva et s'assit nonchalamment sur le bord de son lit.

Son âme était en proie aux plus cruelles angoisses. Elle était comme assiégée par les plus sombres pensées. C'était l'image d'une existence de damné !

Oh! malheureux Froteille, que tu payais cher en ce moment l'ivresse passagère du plaisir !...

Les nerfs de sa pauvre tête avaient tant travaillé qu'ils semblaient avoir meurtri les chairs qui les recouvraient. Ses veines avaient été tellement gonflées pendant cette crise d'inquiétude fiévreuse, qu'elles lui parurent toutes flétries après que le sang se fut retiré. Sa figure était blême et ses traits décomposés. Ses yeux ternes lui donnaient l'aspect d'un mort; comme Rochefort lorsque ce lanternier communard fut arrêté et que les perspectives du bagne vinrent obséder son imagination; ce qui produisit un tel effet sur la constitution de ce bandit, que M. Thiers, président de la République, crut devoir faire ajourner le départ de France et fit donner des soins tout particuliers au lâche insulteur des innocentes victimes jetées en pâture aux bêtes féroces de Belleville.

Il n'éprouvait que du dégoût, même pour les meilleurs cordiaux.

La seule vue des aliments lui causait des soulèvements de cœur.

Pourtant, l'heure de paraître dans les bureaux approchait, et les fonctions de sa charge l'obligeaient d'être gai et affable avec tout le monde. Quel tourment !... C'était la parole souriante sur les lèvres d'un misérable que le désespoir rongeait.

CHAPITRE VI.

Le Positivisme en Action.

Un avis désolant parvint un jour à la maison dont les intérêts étaient confiés à Froteille. C'était l'annonce que la mort subite d'un correspondant laissait des affaires très-embrouillées. Cette nouvelle obligea André et son maître de partir sur-le-champ, afin de pouvoir se rendre compte par eux-mêmes du véritable état des choses.

Leur voyage fut d'abord très-heureux.

Tout réussit au delà de leurs espérances.

Monsieur fut enchanté de l'habileté de son homme d'affaires, et se félicitait d'avoir fait un si bon choix ; attendu qu'une grande partie de la somme énorme qu'il allait emporter aurait été perdue sans le talent de Froteille, qui se surpassa lui-même dans cette circonstance délicate par une sagacité vraiment inouïe.

Nos voyageurs repartirent dès que tout fut réglé ; mais ils s'arrêtèrent dans une ville où l'on donnait des fêtes publiques.

Tous deux assistèrent à ces réjouissances et ne se retirèrent qu'après le feu d'artifice qui dura jusqu'à onze heures et demie du soir.

Monsieur avait choisi son appartement dans le magnifique pavillon d'un hôtel situé au centre de la ville. Il s'était procuré une chambre à deux lits, parce qu'il savait que toutes sortes de gens fourmillent dans ces jours de grand rassemblement. Il était même si peureux, qu'on l'avait maintes fois plaisanté à ce sujet sans pouvoir l'en corriger; mais il se croyait en sûreté dans la compagnie de son homme de confiance. Il dormit très-bien. Son second, au contraire, ne put pas fermer l'œil. Ce pauvre malheureux s'imaginait très-sérieusement que la justice l'attendait pour le saisir à son retour. Cette pensée l'obsédait tellement, qu'elle ne lui laissait aucun repos.

Le jour parut de grand matin, car on était alors au mois de juillet.

André enviait le bonheur de son maître qui ronflait tranquillement sur son édredon.

Monsieur avait écarté ses rideaux pour n'être pas gêné par la chaleur qui était excessive. Hélas! ce petit incident fut la cause de sa perte.

Froteille conçut à cette vue un projet d'une ingratitude atroce!...

Il s'habilla précipitamment, comme sous l'impulsion d'une puissance satanique; puis, marchant sur la pointe des pieds et retenant sa respiration, il s'approcha de son bienfaiteur. Le misérable hésita un instant !... Tous ses membres s'agitaient convulsivement, comme ceux d'un possédé; ses cheveux se dressaient sur sa tête !... Ses yeux convulsionnés lançaient des regards si farouches, que lui-même avoua plus tard, dans une lettre à un de ses parents qui lui était resté dévoué, que personne n'aurait pu le voir ainsi sans frissonner d'épouvante. Enfin un courage féroce mit un terme à cette indécision non moins effroyable que le crime même.

Le dormeur avait la poitrine et les bras découverts. Froteille lui posa la pointe d'un poignard entre les côtes en face du cœur; puis, pendant qu'il plaçait sa main gauche sur la bouche pour empêcher de crier, il fit un effort de la droite et enfonça l'arme homicide qui plongea jusqu'à la poignée !...

Le cœur bondit et agita le fer meurtrier dans la blessure...

Une bave épaisse sortit entre les doigts de l'assassin, qui lâcha le poignard pour étouffer les râlements de sa victime... de cet homme qui l'avait comblé de bienfaits et honoré de son amitié la plus confiante !...

Le cadavre s'affaissa après une violente agitation de quelques minutes...

L'assassin retira ses mains pleines d'une écume

...nta. Il les essuya aux draps de lit et arra... de la plaie qui se referma aussitôt. Il ... le cadavre et rapprocha les rideaux avec ... précipitation convulsive de l'effarement. ...érat ouvrit alors la grande malle, puis le ..., d'où il retira toutes les valeurs qui s'y ...aient, et les plaça dans un de ces petits sacs ...age qu'on porte suspendus en bandoulière. ... le plus d'or possible dans les diverses poches ... habits, afin que son sac ne fût pas trop pe..., et il les entremêla de billets de banque pour ...ir le bruit du frottement qu'auraient pu ... entendre tant de pièces entassées. Il s'assit ... et réfléchit sur la marche à suivre pour ... plus sûrement.

... heures venaient de sonner quand il se ... prêt à quitter la chambre.

Il mit des papiers dans sa main et alla trouver ... maître-d'hôtel, afin de savoir à quelle heure ...vraient les bureaux de la Préfecture, feignant ...avoir des affaires à y traiter, et remonta en...suite, comme pour en informer son compagnon de voyage.

Le scélérat prit son sac rempli de billets de banque et de pièces d'or, et sortit après avoir fermé la porte de sa chambre et mis la clé dans sa poche.

CHAPITRE VII.

La Fuite de l'Assassin.

Froteille s'enfuit avec une telle diligence et déjoua si habilement l'active surveillance de la police, qu'il put franchir la frontière sans être inquiété.

Personne ne saurait exprimer l'émotion qu'il éprouva en ce moment. C'était pour la première fois, depuis plusieurs années, qu'il goûtait les charmes de la sécurité; et, à la faveur d'un pseudonyme, l'avenir lui apparaissait de nouveau avec les plus riantes perspectives. Plus de ces sourdes terreurs qui l'avaient si longtemps torturé !...

Rien à craindre désormais de ses créanciers importuns qu'il avait tant redoutés. La voix de la conscience se faisait bien entendre; mais elle se trouvait impuissante en présence des valeurs considérables dont il était porteur.

Cette première journée de l'affranchissement de la frayeur se passa dans un hôtel somptueux, au milieu de toutes les jouissances possibles, et le bienfait du sommeil réparateur vint, pendant la nuit, s'ajouter au bien-être de cette nouvelle entrée au banquet de la vie.

Le soleil du lendemain brillait déjà depuis plusieurs heures lorsqué Froteille se réveilla ; mais il n'y avait plus à s'occuper des heures du bureau !

On pourrait croire que cette nouvelle vie allait être débarrassée pour jamais des pénibles soucis qui empoisonnent une existence. Eh bien ! non. L'enivrement de la sécurité, succédant sans transition aux plus vives anxiétés, produisit l'effet de ces remèdes violents qui tueraient un malade s'ils étaient continués. La sensibilité du cœur s'émoussa. Le cri du remords trouva de l'écho dans ce vide affreux que rien de créé ne saurait combler.

Le repos avait été complet. Il ne restait plus rien des fatigues passées. La félicité s'épanouissait alors comme une rose aux rayons du soleil ; mais elle se déflora bien vite et ne laissa que des épines ; car, comme on l'a fort bien dit : « L'âme doit toujours être la maîtresse du logis ; » puisque, lorsqu'il en est autrement, « sa volonté, qu'elle ne détermine plus, lui devient à charge, ses désirs outrés sont des peines, et ses vaines espérances sont tout au plus de faux plaisirs, qui disparaissent et s'évanouissent dès que le calme succède et que l'âme, reprenant sa place, vient à les juger. » Ce fait est d'autant plus sensible en nous, que l'intelligence y est plus développée, attendu qu'il y a aussi une nostalgie céleste. L'âme est presque constamment en proie à ce qu'on pourrait appeler *le mal de l'infini.*

L'athéisme peut se concevoir là où il y a un abrutissement plus ou moins complet; mais cette espèce de champignon de la philosophie n'a rien que d'éphémère, et suppose un état tout-à-fait anormal, où l'esprit est, en quelque sorte, plongé au milieu de ces exhalaisons du vice, qui forment comme une atmosphère impénétrable à l'action vivifiante du soleil des intelligences. C'est un produit immonde qui recherche le fumier et les miasmes des lieux ténébreux. Ce fait incontestable ne saurait échapper à une observation attentive. Or, la grandeur même du crime avait produit sur l'esprit du coupable l'effet d'un violent coup de foudre. Les nuages qui lui dérobaient la vue du Ciel furent sillonnés par l'éclair et entr'ouverts par cette horrible commotion. Le voile se déchira. Des traits de lumière jaillirent de toutes parts et André ne put se soustraire aux diverses réflexions qui l'obsédèrent en ce moment.

Quoique tout soit mystère autour de nous, il voyait bien cependant que le mot *hasard* n'est pas autre chose qu'un pseudonyme de Dieu et de son action dans le monde qui n'a pas d'explication autrement.

Tout cela lui paraissait incontestable, ainsi que

grandes vérités qui en découlent ; mais la pente sur laquelle il se trouvait ne lui permettait pas de s'élever à ces sublimes aperçus, car il ne pouvait se résoudre à mettre sa conduite en harmonie avec un genre de vie que ne comportait pas l'usage qu'il se proposait de faire de sa fortune présente.

D'ailleurs, la foi est « un mystère de la volonté où l'esprit ne joue qu'un rôle inférieur, » ainsi que Lacordaire le faisait remarquer à la génération sceptique de son temps.

Si André eût été catholique, la passion aurait pu être foudroyée en lui par ce choc d'où s'échappait la clarté divine qui illuminait son intelligence. Les plus rudes austérités auraient pu devenir le partage de cet homme courant à la recherche d'un bonheur qu'il ne pouvait trouver nulle part ici-bas. Mais, hélas ! les abîmes allaient continuer de succéder aux abîmes jusqu'aux jours de la catastrophe finale.

Le misérable se mit à demander à la jouissance au moins ce minimum de satisfaction que l'on peut trouver dans le plaisir.

Froteille fit divers voyages dans les pays environnants, et vint enfin se fixer à Amsterdam, où il passa plusieurs années au sein du libertinage, qui n'est que la mise en pratique de ce genre d'athéisme dont les Naquet et compagnie veulent faire la religion du progrès, sans se douter que par le fait d'une logique inexorable, les citoyens d'une société ainsi endoctrinée en viendraient bien vite à un état de dégradation telle, que le meurtre, même entre amis, ne tarderait pas à se généraliser dans des proportions qui nous glaceraient tous d'épouvante, si l'on pouvait en être témoin par anticipation.

Je sais bien que dans les bureaux de la libre-pensée, on fait semblant de croire que l'action du surnaturel peut être suppléée par une instruction dont l'épanouissement serait une morale s'élevant à la hauteur de « la devise gravée au frontispice de la conscience universelle.... puissance incorruptible qui fait frémir le parjure et trembler le tyran, » comme dit le *Programme des Ecoles laïques-libres*. Mais dans la pratique tout ce pathos se réduit à faire comme l'administrateur du *Progrès des Côtes-du-Nord*. Ce monsieur libre-penseur était officier d'infanterie et chevalier de la Légion-d'Honneur. Il avait fait un riche mariage et conquis l'estime du patron Glais-Bizoin, jadis membre d'un triumvirat dont le savoir-faire et la probité sont devenus légendaires. Ce capitaine de 32 ans avait remis son épée dans le fourreau et pris la plume pour *moraliser scientifiquement* le peuple. Or, le 30 janvier 1877, cet honnête journaliste se passa la fantaisie de poignarder sa femme, dont la morale lui paraissait être un peu trop indépendante. Il alla ensuite prendre un potage avec la Quinette de ses affections, âgée de 22 ans, et dont le nom, malgré sa consonnance féminine, rappelle les splendeurs de l'enfouissement civil parisien. Il lui servit peu après un dessert de cinq coups de révolver, et termina cette démonstration anticléricale en se brûlant la cervelle en l'honneur de la déesse Raison.

CHAPITRE VIII.

Fin tragique de Froteille.

Froteille voulut profiter de la facilité exceptionnelle que lui donnait sa situation d'inconnu en Hollande pour mener la vie d'un parfait libre-penseur. Il aurait bien pu s'établir avantageusement à Amsterdam, à la faveur de son faux nom; mais la jouissance indépendante lui parut préférable aux obligations de la vie conjugale. Il voulait essayer d'en venir à ne plus se considérer que comme un animal de passage en quête de plaisirs sur la terre étrangère. Tous ses efforts eurent pour objets de concentrer en sa personne les sensations enivrantes d'une existence qui s'écoulait dans une patrie où il n'avait aucun devoir à remplir. C'était le rêve de l'égoïsme passant à l'état de réalité.

Il semblerait que l'éloquent prédicateur de l'Avent avait ce spectacle sous les yeux, lorsqu'il s'écriait, l'an dernier, du haut de la chaire de Notre-Dame, en montrant cet aboutissement des doctrines matérialistes : « Pourquoi ne pas tenter une fois au moins d'élever les jouissances à la hauteur des plus extrêmes concupiscences, des plus invariables principes, et ne pas faire de cette

... vous proclamez une vallée de larmes, ... de délices ? » Et un autre scrutateur de ... de mystères ajoute : « Dans cet état ... et de ténèbres, nous voudrions changer ... même de notre âme : elle ne nous a été ... que pour connaître, nous ne voudrions ... qu'à sentir ; si nous pouvions étouffer ... sa lumière, nous n'en regretterions pas ..., nous envierions volontiers le sort des in... Comme ce n'est que par intervalles que ... raisonnables, et que ces intervalles ... nous sont à charge et se passent en re... secrets, nous voudrions les supprimer. ... marchant toujours d'illusions en illusions, ... cherchons volontairement à nous perdre de ..., pour arriver bientôt à ne nous plus connaître ... par nous oublier. » Or, cet oubli ne saurait ... de certaines limites sans prendre les propor... du plus redoutable des fléaux ; car les ins... brutaux poussent à dévorer, et la société ... à un champ de blé ou à une vigne char... de raisins. Quelques pillards pourront bien être ... chanceux pour s'approprier le fruit du tra... et des sueurs d'autrui ; mais si le nombre en devenait trop considérable, oh ! alors, le ravage serait bientôt tel qu'il ne resterait plus que les ceps qu'on finirait par arracher pour s'assommer mutuellement en se disputant les derniers grappillons échappés à ce pillage socialiste. Cela n'empêche pas que malgré cette conséquence fatale, conduisant l'humanité à la famine ou au suicide, un matérialiste n'est qu'un bandit très-logique, lorsqu'il se permet de tenter une pareille entreprise, quand bien même sa perversité féroce atteindrait des proportions capables de faire de lui ce « scélérat gigantesque, logicien vigoureux, sinistre et conséquent, sombre et froid dans ses doctrines erronnées, » dont parlait, au mois de décembre 1876, l'énergique conférencier qui, après avoir rappelé les principaux points d'interrogation posés par la sophistique de ce scepticisme frivole qui porte le nom de science anticléricale, disait à son immense auditoire : « La réponse à toutes ces questions, » vous la recevrez « au milieu de vos édifices en flammes et de vos rues nageant dans le sang. »

Ce résultat inéluctable est la condamnation des doctrines qui conduisent à cet abîme. Il constitue par la négative une thèse des plus concluantes en faveur de la nécessité de la Religion. C'est un argument péremptoire tiré de la contradictoire ! Mais enfin il faut bien avouer que cette sorte d'escalade du *paradis terrestre*, tel que doit l'entendre l'athée, n'a rien que de très-rationnel, et le plus infâme disciple des Robins, qui professent au compte de l'Etat, pourrait, au tribunal, apostropher le procureur (1) du gouvernement en lui disant : « Comment osez-vous venir ici me reprocher d'avoir mis en pratique les leçons des maitres que vous m'avez imposés, en me mettant dans l'impossibilité morale de suivre d'autres cours que les leurs! Des docteurs, parlant en votre nom, m'ont enseigné que toute mon existence doit venir se dissoudre dans la fosse où je serai enfoui. Vous n'avez donc pas le droit de vouloir m'empêcher de faire usage de ma logique pour conclure que la seule chose importante pour moi, doit consister à capitaliser à mon profit tous les genres de plaisirs que je pourrai me procurer, en donnant satisfaction aux divers instincts de ma nature féroce ou voluptueuses. « Si je vous brulais la cervelle? » comme disait M. Thiers à un commissaire de police qui le conduisait en prison, ne serait-ce pas tout simplement donner une preuve de mon adresse?... Eh! si je suis dans l'erreur à ce sujet, pourquoi me faire un crime de vous avoir cru sur parole? Comment! je serais puni pour avoir fait usage de mon savoir *officiel* et de ma « *liberté absolue*. » prônée même

(1) Cet homme peut être très-estimable, mais il a *procuration* pour recevoir un blâme adressé à l'Etat.

par Jules Simon, premier Suisse maçonnique du gouvernement conservateur de l'ordre moral, et pendant que vous continuez de laisser enseigner ces mêmes doctrines qui m'ont conduit au crime!... Ah! allez vous-en donc recommencer votre cours de logique, si vous ne voyez pas que toute la morale de vos théories matérialistes consiste à faire de ses désirs l'unique mobile de sa conduite! »

Oui! chercher à accaparer le plus d'élements de jouissance possible, en devançant les autres dans ce genre d'expropriation, ce serait la seule chose qui ne dût pas surprendre de la part de quiconque pourrait se persuader que l'existence ne dure que du berceau à la tombe.

Or, voilà l'essai de bonheur que Froteille avait voulu faire à l'exemple de tant d'autres dont l'histoire a conservé les noms et qu'elle montre, comme des poteaux indicateurs, aux générations courant éperdûment à la conquête des plaisirs sur la route du vice.

Quelques mois s'étaient déjà évanouis ainsi comme une ombre, lorsque l'infâme créature qu'il avait choisie pour compagne vint à tomber malade.

André pourvut assez généreusement aux frais de la maladie qui fut longue; mais il s'occupa immédiatement de faire une nouvelle connaissance qui lui fit oublier ce désagrément auquel il ne songeait déjà plus lorsque la guérison arriva.

Cette personne flétrie savait qu'une rivale pleine de charmes l'avait supplantée pour toujours, c'est pourquoi le dépit la poussa jusqu'aux derniers excès de la scélératesse.

L'âge ne lui permettait plus d'espérer de rendre à ses traits fanés les grâces de son printemps, qui auraient pu encore lui faire recouvrer la faveur qu'elle avait perdue. Dès lors, une pauvreté honteuse devait immanquablement devenir son partage. Elle n'eut pas la force de supporter la vue d'une semblable perspective. Les regrets d'un passé voluptueux et le sentiment de la vengeance la transformèrent en empoisonneuse, tant il est vrai que l'immoralité est par excellence l'école de l'homicide, comme le prouve bien encore le fait qui s'est passé, le 11 avril de cette année 1877, à Valence, où, « pendant la séance du Conseil général, un nommé André, ancien instituteur révoqué *pour cause d'immoralité*, et qui avait abjuré la religion catholique pour se faire une réclame démagogique, s'est précipité sur M. Bayle, préfet de la Drôme, et lui a porté plusieurs coups d'un couteau à virole. »

L'amour et la vengeance se trouvèrent réunis pour aiguillonner de concert un instinct féroce déjà surexcité à l'excès. Or, rien n'égale l'action de ces deux forces qui représentent le plus haut degré de puissance dont la volonté humaine soit susceptible; c'est pourquoi on vit dans cette circonstance l'extrême limite de perversité où une femme corrompue puisse être conduite par l'étrange alliage de ces deux grandes passions contraires. Ce ne fut pas seulement le meurtre préparé de sang-froid, mais un forfait commis au milieu des témoignages de la plus tendre amitié, et avec les démonstrations familières d'une gaieté badine.

Cette scélérate se procura deux petits bouquets de primevères. Elle en plongea un dans du poison dont l'énergie foudroyante avait été expérimentée sur divers animaux. Elle revêtit ses plus beaux atours et ajusta ensuite à sa toilette les fleurs printanières qui allaient servir à la perpétration du crime; puis, par un incroyable mélange de rage et de tendresse, ses lèvres impures couvrirent de baisers le médaillon qui renfermait en miniature, le portrait de celui dont la mort allait être bientôt le terme de ces démonstrations d'un amour désordonné.

Elle se dirigea ensuite vers la maison qui lui était connue, après avoir annoncé que son absence ne serait pas longue.

C'était à une heure où Froteille ne devait pas

être pressé de la congédier, tant elle avait soin de tout prévoir à ce sujet.

La visiteuse fut accueillie un peu froidement ; mais elle fit semblant de ne point s'en apercevoir, et sa jovialité naturelle produisit une certaine impression de bienveillance qui fut aussitôt exploitée.

Cette courtisane en convalescence feignit d'ignorer le revirement d'affection qui s'était opéré à son égard, et parut toute joyeuse de pouvoir offrir ses remerciements à celui dont les largesses lui avaient sauvé la vie ; puis, tirant parti des libertés que lui donnaient ses anciennes relations, elle manifesta l'envie de prendre le thé.

André agita le cordon de la clochette et donna l'ordre de servir ce qui était demandé.

Aucun indice du noir dessein ne transpirait sous l'expression de cette cordialité factice, tant l'art était bien dissimulé.

Deux bols furent servis avec leurs accessoires, et c'est alors seulement que commença cette scène qui est d'autant plus effrayante, que la mort en personne était là comme présidant au banquet de la joie.

La misérable arracha successivement toutes les fleurs de son bouquet non empoisonné, et les laissa tomber, par forme de badinage, dans son bol qu'elle porta immédiatement à sa bouche, en plaisantant sur l'aspect gracieux de cette coupe fleurie. Hélas! l'imprudent André se laissa prendre à cette perfide plaisanterie... Il exprima le désir de se passer lui aussi cette petite fantaisie, et reçut en souriant le funeste présent qui lui était réservé.

Le trop confiant jeune homme se chargea ainsi lui-même de communiquer à ce nectar d'un nouveau genre, la propriété de le précipiter dans son éternité ; mais, en finissant, il jeta quelques corolles qui tombèrent en tournoyant dans le thé de sa complice. Celle-ci s'empressa d'avaler ce qui lui restait encore à boire, espérant bien que le poison n'aurait pas le temps d'agir sur ce breuvage ; puis elle roucoula un merci ! mignardé comme une moue de galanterie.

Froteille s'exécuta également et le double crime se trouva consommé !...

Peu d'instants après, André se sentit faiblir... Une lueur livide passa devant ses yeux. Il le dit tout haut en se penchant pour s'appuyer sur le guéridon, et au bout de quelques minutes son corps tomba sur le plancher. Son infâme compagne se leva précipitamment, comme pour aller à son secours ; mais les forces lui manquèrent. Elle n'eut que le temps de s'asseoir sur un sopha.

Une servante, occupée à l'extrémité de la salle, poussa un cri, en appelant du secours.

Plusieurs personnes accoururent et prodiguèrent des soins devenus inutiles.

Un médecin fut appelé en toute hâte ; mais il ne put que constater la présence de deux cadavres !...

La justice descendit à son tour et procéda aussitôt à une enquête qui révéla tous les affreux détails de cet événement tragique.

FIN.

D'après une lettre qui m'a été adressée pendant l'impression de cet ouvrage, il paraît que la légende de Jules Simon, en chaire, dont il est parlé à la page 6, ne doit être livrée à la publicité que sous toutes réserves.

Je me fais un devoir d'insérer ici cette note, bien qu'il ne s'agisse que d'un numéroté de Loge ; ce ministre (de l'Internationale), qui, afin de se faire une réclame auprès des radicaux de la Chambre, a eu la lâcheté de se couvrir de l'inviolabilité de la tribune parlementaire, pour jeter impunément l'insulte à la face du Saint-Père, l'Auguste Protégé de la France, notre Bien-Aimé Pie IX..

TABLE.

Nantes, imp. Bourgeois, rue Saint-Clément, 57.

OUVRAGES DU MÊME AUTEUR :

Les Réflexions d'un jeune Catholique, ouvrage honoré d'un Bref du Saint-Père.

Le Baron d'Astriez.

Traité de Style Épistolaire.

Les Ballons incendiaires et la Révolution.

Les Flottes et les nouveaux Engins de Guerre.

Le Parlementarisme et la Stratégie nouvelle.

Le Suffrage universel et le Drapeau.

Un Coup d'Œil sur la Situation.

Les prochaines Elections.

La Construction des nouveaux Camps fortifiés.

Xariot.

Les Fortifications de Paris et les Armes nouvelles.

POUR PARAÎTRE PROCHAINEMENT :

Les Préoccupations de l'Intelligence.

Nantes, imp. M. Bourgeois, rue Saint Clément, 57.

www.ingramcontent.com/pod-product-compliance
Ingram Content Group UK Ltd.
Pitfield, Milton Keynes, MK11 3LW, UK
UKHW021057270726
13967UKWH00012B/1974